ángeles díaz **palabrería**

Copyright: Ángeles Díaz
Todos los derechos reservados
3ª Edición: 2023
Edita: Ángeles Díaz - filigranasafiladas.wordpress.com
ISBN: 978-84-616-9898-1

Impresión: Full Color Printcolor S.L.

Printed in Spain

porque compartimos el ancla y la maroma
por eso te nombré, por eso

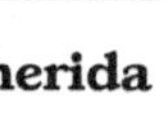

escribir

...ponerme a escribir. ni que fuera tan sencillo...

de niña, la página en blanco arropaba mi timidez
y me cantaba una nana. yo cerraba los ojos y dejaba que
afloraran sin esfuerzo palabras y palabras, unas tras otras,
en un ejercicio que me dejaba exhausta y dormida

pero ahora, su blanco radiante se cuela en mis entrañas y las retuerce
buscando con su puño las letras adecuadas. me hace daño. no quiero

escribir... ¿escribir sobre qué?

por qué dejaría escapar palabras, palabras que se desparramarían
por tu habitación pidiendo un auxilio que no me llegará.
solo me queda entero el sentido del ridículo y hace de barrera

para qué, dime, para qué quiero ver en un papel aquello que he
saboreado en mi boca, si eso no llevará mi mano a posarse de nuevo
sobre su hombro ni devolverá a mis ojos la lágrima fácil.
la vida fluye, se escabulle, no vuelve, y deja paso a las arrugas
que no retienen nada, que se afanan por dejar seco todo lo que tocan

solo quiero vivir, porque los buenos recuerdos se distorsionan en
mi memoria y los malos se hacen grandes y oscuros. ¿cómo voy
a escribir? yo soy aún una niña que mira al armario cada noche,
temiendo que se abra mientras duermo

pesan demasiado los años de silencio, de autocompasión,
de mirar hacia otro lado. la costumbre se impone y ya no
hay marcha atrás. por mucho que intentes meterme
los dedos en la garganta, no he cenado gran cosa

(...)

pero tú te empeñas, una y otra vez, en acoger mis palabras
en un gesto casi heroico. así que, si te empeñas, las escribiré.
cerraré los ojos de nuevo, respiraré hondo y dejaré que salga una
peregrinación de vocablos por la punta de mis dedos.
los veré pasar mientras, en procesión, viajan de mi puerta a la tuya
y quizá les diga adiós tímidamente, sabiendo que se llevan
algo de valor que había por casa

pero no quiero sentirme desnuda ante tus ojos a plena luz del día.
no quiero estar de pie mientras escudriñas mi cuerpo de arriba abajo,
parándote en cada peca, en cada poro, en cada cicatriz...
no lo soportaría

así que, si quieres mis palabras, tómalas, tú lo has pedido. pero apaga
la luz y acércate, prefiero susurrártelas poco a poco al oído

espejo

receta propia

1 kg de pasión por las cosas pequeñiiiiiiitas,
esas que no pesan a simple vista

3/4 kg de positivismo, mezclado con 1/4 kg de miedos
de diferentes colores para quitarle el dulzor

1 litro de caldo de buen humor, realizado a fuego lento
con bromas, dobles sentidos y muchas risas

2 buenos temas de conversación

3 anécdotas maduras, 3 de la niñez

una pizca de malicia, para que todo quede bien entendido

escoger una olla roída y arañada, pero de esas cariñosas
que te llevas siempre en las mudanzas.

mezclar los ingredientes, a palo seco, es decir, sin agua ni *ná*.

intentar remover

esperar 2 semanas

emplatar y comparar

comenzar de nuevo

(receta 100 % casera)

foto

como en una foto, te presento mi yo con mis yos.
de izquierda a derecha:

mi abuela. dama analfabeta grandota y blandita.
me encantaban sus grandes pechos y me los dejó en herencia.
yo le pedí su bondad, pero no quiso

mi abuelo. hombre culto de campo.
dejó de estudiar cuando el profesor rural le dijo
que no podía enseñarle más.
me encantaba sentarme a sus pies
para que me regalara alguna historia

mi tío. minusválido por una caída a los trece.
a todos mis primos les daba miedo su silla de ruedas.
a mí, por lo visto, me encantaba su regazo.
murió a mis cuatro años.
me dejó la punta de la nariz y dicen que el humor

titamari, su mujer. dos veces casada y siempre virgen.
su primer marido murió en el viaje de novios.
el gran amor de mi tío la hizo disfrutar de la vida.
me dejó parte de su optimismo infinito

y... mi padre. hombre afable. inventor de soluciones.
aún hoy llora cuando recuerda a su hermano.
siempre te estará tocando si te pones cerca.
juguetón y bromista,
reconozco de él parte de mi inteligencia y sus ojos,
a los que adoro

niña precoz

yo fui una niña precoz

precoz de palabras, de silencios,
de augurios, de crecimiento...

mi precocidad me llevó a tener
una madura adolescencia insolente

mi madre la controlaba
con siluetas encorsetadas
y prohibiciones inútiles

tempranos fueron mis amoríos,
precoces mis desengaños

la precoz precocidad
hizo que mi madurez
saltara a escena sin haberse preparado

de la precocidad precocinada
se aprovecharon mis hijos
y fueron cientos los que, precoces,
cortaron todos los hilos

ahora mi mediana edad
ha dejado de ser precoz,
he alcanzado mi sitio

pero cualquier día de éstos
mi precocidad hará de mí una anciana precoz

precoz de soledad, de asfixia,
de suspiro, de muerte

improvisación

está fría la mañana

el sol intenta hacer su trabajo sabiendo que su éxito hoy es dudoso

al abrir la puerta, me recibe a lametones el calor interior
anunciándome que ya estoy en casa

descalzo mis pies y, a ráfagas, se me inunda la sonrisa

¡cómo me gusta el frío tacto liso de la loza!
me hace consciente de mis siguientes cuatro pasos hacia el salón
mientras veo caer mi falda

mis caderas maduras se sienten libres para bambolearse
al son de una música que no suena
y, después de vueltas y vueltas,
dan por terminado el espectáculo
saludando el aplauso silencioso
de la concurrencia ausente

mientras, mis manos, mareadas,
juguetean con los botones de mi blusa.
¡qué horrible blusa escogí hoy,
de un verde que no acompaña a mis ojos!

y ahí están, disputando por salir, ¡ni que tuvieran quince años!

«está bien, ya voy, os podéis unir a la fiesta»

y suelto su amarre

me arrastran nerviosas por toda la casa.
¿qué buscan estas locas?
las insulto y maldigo para que se queden quietas
y ni caso,
como si no fuera con ellas

creo que ya han encontrado lo que buscan
porque me dirigen ansiosas hacia el espejo

querrán, junto a mi boca y mi vientre,
dejar su huella indeleble

pero entonces, veo lo que no quise ver
y pienso en el frío que hace fuera
y en lo patético de mi desnudo

salgo corriendo para cobijarme bajo mis sábanas
y, cuando aún no han tomado la forma
de mi ridículo cuerpo encogido,
una risa brota nerviosa de mi garganta

¡ja ja ja!

¡ya está! ¡ya está hecho!

y... ¿ahora qué?

entre todos mis apellidos (en Jimena de la Frontera)

allí estaba yo, entre todos mis apellidos, escuchando el griterío
ausente de cientos de voces que querían hacerse un hueco para
contarme quiénes habían sido

mi padre afanado en desanudar los hilos de su historia ante mi hijo,
señalando la colina por donde caminaba junto a su burro,
cuando era un niño, en busca de agua. su mano, extendida en el aire
de su infancia, dibujaba los caminos que llevaban a su huerto,
los tramos de río donde se bañaba con su hermano,
las auras de todas sus aventuras

nos enseñó el castillo, orgullo de los lugarenses, custodiando
majestuoso las puertas de aquel cielo. en las heridas de bala
de sus piedras marchitas se posaban nidos de golondrinas nómadas,
testigos quizá de la batalla, de la derrota, de la vida que nunca
se dio por vencida

y el pueblo allá abajo, desparramándose como leche caliente por la
ladera. tejiendo un bordado de vecinos antiguos, estirpes cruzadas,
charlas a media tarde y ronda de café para los amigos

sí, allí estaba yo, entre todos mis ancestros, con mi padre, con mi hijo,
sintiendo el orgullo del devenir de los tiempos en mi propio cuerpo

mi casa

mi casa tiene dos puertas y es muy mala de guardar.
pero yo la quiero así para que me roben la risa,
me roben los sueños, me roben la música,
me roben el tiempo...

mi casa tiene dos normas:
no entrar nunca enfadado
y salir con una palabra

el desencuentro se queda fuera
con la suciedad del zapato.
se ha de buscar el concepto
que describa el ánimo,
pero con solo seis letras.
ya llegarán a la boca
las que faltaran en las manos

mi casa tiene seis flores para acompañar mi letargo,
cinco geranios ardientes y un tulipán desmadrado

mi casa tiene mensajes de mariposas volando.
se salen por las paredes de mi dormitorio alado.
custodian los malos sueños para que no vuelen bajo
e impregnen la algarabía de mi soldado raso

dos pingüinos traviesos recorren despensa y salón,
van charlando juntitos para darse calor
y romper el soliloquio de las cortinas de acero

mi casa tiene manías y es imperfecta, como cualquier canción

pero mi casa se ríe mucho,
se ríe a destiempo y de corazón

herida

lágrimas   saladas

saladas. saladas lágrimas. lágrimas
desbordadas. desbordadas horas.
horas dilatadas. dilatadas pupilas.
pupilas obedientes. obedientes
tristezas. tristezas empedernidas.
empedernidas historias. historias
acabadas. acabadas caricias. caricias
alocadas. alocadas ideas. ideas
equivocadas. equivocadas razones.
razones acertadas. acertadas
lágrimas. lágrimas saladas...

no

no, no me mires así

tu altivez me derrumba
y tu sombra me absorbe

no me mires así,
me siento cohibida,
me siento cohibida,
tú lo sabes

no me mires la boca,
mírame las manos.
mis labios tiemblan
y son insensatos

no me mires mis ojos,
mírame la mirada.
si está triste y perdida,
déjame sola

no me mires mis pies,
mira mejor mis pasos,
los que di, los que ando,
los que tropiezo y los que bailo

mírame de frente,
mírame despacio

no me mires así, no

solo quédate a mi lado

luna

soñó que no la querían

¿y qué le dijo la luna?

la luna se puso triste. vomitó por peteneras

yo le regalé mi libro. ella guardó silencio

la luz se hizo pequeña. alumbraba una palabra

le fue difícil leer todos los ríos que llevaba

se cansó demasiado pronto. no vestía apenas de alba

nada, nada la consolaba y se bañó solita de madrugada

se secó en el camino roto, condujo por piedras lejanas

prometió salir y visitarme si algún día se aliviaba

soñó que no la querían, pobre. la luna solo jugaba...

mi cuerpo

mi cuerpo pedía vida

y fue un segundo de alegría

mi piel estaba encendida

y se apagó a mediodía

me arremoliné en mis deseos

y lloré como una niña

al alba

al alba supe que no te quería.
me subí a la acera y se suicidó mi miedo

al alba supe que era el momento.
mi reloj dispuso sus barras de acero

al alba supe romper el hielo
y lo hice pedazos para protegerlo

yo me fui al alba.
ahora estoy lejos

me amas

si te atreves a decirme que me amas
en ademán de doliente malherido,
ya tu voz se me ha hecho muy pequeña,
no me llega al corazón su sentido

si me dices que no es justo, yo te creo,
el silencio era por ambos compartido,
sé que el peso de mi amor fue tu enemigo
y el helor de tu mirar mi compañero

no hace falta encontrar tres mil razones,
las palabras llegarán para el olvido,
el pellizco de tu puño creará ilusiones,
el olor de mi desdén, alguien amigo

pero no te atrevas a decirme que me amas.
son crespones de crueldad en mis oídos...

amanecí

hoy amanecí desarmada

amanecí con las manos vacías y los sueños rotos

con un murmullo de llanto en el oído y pesadez en los pies

amanecí desnuda y destapada

suplicando por un arrullo de alguna boca amada

amanecí dormida

amanecí callada

y salté de mi cama por si era ella la que me atrapaba

y cuando me miré el alma

lo comprendí todo

hoy...

amanecí desalmada

puertas

mi paso va cerrando puertas,
puertas abiertas desde mi historia,
puertas doradas con ilusiones,
puertas selladas a la memoria

mi huida quiere abrir más las puertas,
puertas limpiadas de ordeno y mando,
puertas, más puertas,
con pomos azules de contrabando

puertas amigas que cortan el paso
de pasillos largos que me hicieron daño,
que crujen por fuera y entornan espacios,
quizá sean las puertas de mi desengaño

y... ¡no!

y no pasan,
no pasan las horas

inmóviles guadañas que avivan la angustia
y arañan la convicción que me sostenía

y no vuelven,
no vuelven las risas

todo es extraño, lejano, inútilmente adornado
de falsa complicidad y armonía

y no temo,
no temo el vacío

los ecos calman y acompañan
la espera ansiosa y completamente loca

y... ¡no!
¡no!
no hay marcha atrás

no vestiré de desidia envejecida y retroceso impasible,
miraré al horizonte y beberé la brisa
en el borde de este maldito risco que no,
no es mío,
pero me sostiene en pie

en serio

abiertas están las ventanas
a una reunión de palabras
que no sirven de nada

cerrados los ojos de espera
para que no vea el ensayo
de lo que hicimos con ella

limpias las calles de futuro
pintadas de azul amargo

rotas las banderas aladas
y un oscuro jazmín recién plantado

si esto es lo que tenemos,
será mejor abrir las manos,
escupir el jugo
y comenzar de nuevo

la tarde quieta

cómo duele la tarde
la tarde...
que se queda quieta
inundada de pereza
bien afilada y discreta

serán otros los que vuelen
e imaginen los paisajes,
yo me quedaré en mi sombra
esperando tu silueta

cómo me duele la tarde,
esta tarde que se queda quieta

el día que te olvidé (canción)

el día que olvidé tu cara
alcé mi peso del suelo,
planché dos camisas nuevas y
volví a guardarme el pañuelo.

el día que olvidé tus gestos
hice masa con mis prisas,
las metí en el horno seco y
esperé muda y sumisa

*el día que olvidé qué fuiste,
el día que olvidé qué fuimos,
ese día abrí mi puerta,
cerré con llave mi destino.
el día que olvidé qué fuiste,
el día que olvidé qué fuimos*

el día que olvidé tu voz
saqué brillo a mis oídos,
tracé mi viaje de ida y
retorné a mi escondrijo

el día que olvidé quién eras
me recorrió un escalofrío,
me miré la espalda y supe que...
que tenía alas conmigo

el día que olvidé qué fuiste...

el día que olvidé tu cara,
el día que olvidé tus gestos,
el día que olvidé tu voz,
el día que olvidé...

balada

una balada dulce envuelve la quietud del aire,
brota de la espuma del mar de los inocentes.
el pescador suelta su amarre y la mira con cariño.
esa balada triste, esa balada ausente

una boca se abre sin poder decir nada,
solo enseña los dientes de lluvia desgastada.
el oyente la acompaña a su hogar suavemente,
a esa boca que muere, a esa boca amarrada

una lágrima nace en un rincón austero
donde solo hay heridas que quedaron en silencio.
una mano furtiva la recoge paciente,
a esa lágrima viva, a esa lágrima inerte

unas manos que tiemblan acarician perdidas
y retozan con todos los que las hicieron fuertes.
el consuelo retoma el viaje de ida
de esas manos de piedra, de esas manos ardientes

no puedo, no debo

no puedo escribir ahora que sé qué pasó con mis sueños,
desprendidos, solos, deambulando entre muertos,
algunos rotos, otros rastreros,
algunos llenos, otros serenos

no puedo escribir ahora que sé qué ha sido de ellos
porque vienen de vuelta con regalos extranjeros,
algunos raídos, otros deshechos,
todos pasados, ninguno entero

no puedo cantar con el peso de este miedo.
¡expiró sin cumplir mi contrato en febrero!
no tengo la voz con que los hice eternos,
no tengo la voz ni tengo el recuerdo

no puedo cantar ahora que me estremezco
porque mi tono y color envejecieron,
mi mirada perdida no lee las notas,
mi garganta reseca me duele y me ahoga

no puedo ser yo porque no debo

no debo escribir porque no puedo

dilema

no es buena noche para dilatar la dicha,
ni para dejar que se engrandezca la armonía

ni siquiera será el alba buena portadora de optimismo

quizá la ventaja se encuentre en manos del enemigo
y la batalla se pierda sin un solo tiro

no es buena la noche para dilemas que dejen el campo sombrío,
ni para andar robando del pozo alguna alabanza de amigo

quizá solo deba cerrar los ojos y dejarme llevar por esos sueños furtivos
que detienen el paso del reloj que se quedó contigo

no es buena noche para sentirte, ni para hablarte, ni para amarte

quizá solo sea la primera, pero se viste de noche marrón,
de fino punzón dolorido

rota

llega la hora de mirarme a la cara, frente al espejo, desnuda

llega la hora

este vadear inconsistente, este reírme de todo no ayuda

me he roto. estoy rota
y conmigo se rompieron los más amados

no puedo zafarme más de esta pena negra, de este lugar sombrío,
de esta incertidumbre correosa. no hay tiempo, ya no hay tiempo
para soltar una risa emulando que no pasa nada

porque algo se ha roto. se ha roto
y sus pedazos están suspendidos en el aire que respiro
esperando la oportunidad de clavarse en mis pulmones

no tengo miedo. pero eso no significa que no vaya a pasar miedo

no era esta la idea que me había forjado para mí misma
y cambiar de planes no es fácil, sobre todo cuando ya no tienes
maletas nuevas ni destino en la cartera

me muero por llorar y tengo grandes motivos

si no fuera así, me los inventaría. he llorado mil veces con banalidades
siguiendo el hilo de mi imaginación;
agarrada al protagonismo de mi fantasía, he llorado de emoción,
de amor, de duelo, de alegría, por todos y por nada...

y ahora no puedo llorar,
llorar sería una recompensa
y parece que mis ojos no merecen ese triunfo

noto mi cuerpo quebrado y no sé ni cómo ha sido

la honestidad de mis pensamientos me devuelve mi imagen
marchita, sola, cansada, harta, angustiada, confundida, insegura...

pero, ¿cuándo empezó todo esto? ¿hacia dónde me lleva?
no puedo llorar y eso desespera

me pregunto si encontraré la manera de rehacer mi destino,
de sentirme mínimamente satisfecha o, por qué no, orgullosa de lo
que he sido. me pregunto tantas cosas de las que no tengo respuesta...

hablo con todo el mundo y todo el mundo me escucha
paciente, empático, callado, preguntándose inevitablemente
si este tono hierático y distante es sincero. esperan morbosos ese
segundo de clímax en el que se rompa mi voz

pero mi voz no se rompe, porque no es ella la que se ha roto

ya lo puedo decir

soy incapaz de mostrarme sincera. en vez de eso divago,
me escondo, me río de todo, me muestro fuerte, decidida,
cautivadora, determinante, respondona, brillante...
y mi realidad es que no lloro a pesar de estar rota

¡a pesar de estar rota!

abrazos inquietos

tengo los abrazos inquietos y los besos desconcertados
buscando dónde posarse, dónde calmarse, pero no hay lugar

los reclaman a gritos los viejos amigos, los niños de mediana
edad, los amantes recién nacidos... pero ellos recorren alocados
pasillos y pasillos con la intención perdida
y los huecos crecidos

los abrazos... los abrazos están inquietos. los besos reprimidos,
la ilusión anda perdida, ¿y los llantos? no sé dónde han ido

mis manos desesperadas cuelgan de los extremos. intentan
asustadas parar todo esto. a ratos se acercan a la cara
mendigando consuelo, pero mis labios calientes no rozan nada
hace ya demasiado tiempo

y mi mirada... quién sabe. quizá ande enamorada. pero es
mirada reciente, que recita y retuerce versos de desaliento,
tal vez por eso también me quejo. ¡ay, ¿seremos?!

los besos y los abrazos definitivamente desamparados
alimentan la soledad y el despecho. se muerden la cordura y
levantan el vuelo. solo quieren huir, huir, huir... huir bien lejos

dejarme caer

regalar esta ingenua locura,
proponer un giro a mi fantasía,
amarrar todo el aire en mis pulmones,
explotar en un suspiro interminable,
sacudir de mi espalda las heridas,
recoger del suelo una canción,
construirme unas alas torcidas
y dejarme caer

retozar con el viento de la tarde,
envolver en palabras un papel,
inventarme ladrillos intensos,
trepar a gritos por paredes deformes,
esperar en la esquina del recuerdo,
saludar al amor cuando pase,
elevarme con orgullo al infinito
y, otra vez, dejarme caer

rutina

me despierta el silencio. no tu silencio cargado de palabras que venía
por mi estos días, no. el silencio en silencio

al rato de tenerlos abiertos me comienzan a picar los ojos.
pero no hay llanto. se quejan de lo que ayer trabajaron

espero haber vertido suficientes lágrimas, porque sus estertores me
atacan en cualquier sitio, me aniquilan y me dejan la mirada vacía

al poner mis pies en el suelo no noto el suelo. llevo calcetines y tengo
mis zapatillas alineadas con el movimiento automático de mis piernas

empujo mi cuerpo hacia arriba y, con media sonrisa, compruebo cómo
ha mermado en unos días. mira por dónde algo servirá para algo...

con el cerebro semienchufado a la rutina (¿dónde ha ido hoy a parar
tu melodía?) entro en la cocina, donde me encuentro con la esperada
estampa de mi hijo y su plato de cereales

aprovecho para meter mis dedos en su pelo húmedo, en lo que
él cree un gesto distraído. sin embargo, ¡cuánto disfruto ese instante!
protesta por no sé qué. yo no lo escucho, solo puedo recordar
lo que nos reímos ayer juntos. su risa es siempre mi mejor paisaje

pienso que sé porqué es el preferido de mi padre entre sus nietos.
le trae el rumor de su hermano. mi hermana... a ver si la pillo hoy, que
ayer no estaba

«ventolina de abanico, viento calma, viento chico, que se enreda
en la nariz...» ¡me encantan estos versos! por fin llegaron para poner
música a mi mañana

me quedo sola con mi café que espera tranquilo mi primer sorbo

es hora de abrir la ventana del chat e intentar atrapar la energía de
marta. martita. ¡qué encanto de chica!

hoy cris se encuentra mejor. vaya racha que lleva

debería enviar ese maldito mail que esperan desde
hace días. ¡qué pereza!

ayer estuve un rato con van, mi dulce van de caramelo. me habla
de ti distraidamente. me dice que eres un seductor entre todas
las mujeres y que hasta que no se supera esa fuerza de atracción
que ejerces, no se te empieza a conocer de verdad

no quiero decir ni una palabra y callada pienso
¿en qué estadio me encontraré yo?

van habla de ti, pero no sabe qué decir de mi tristeza
es la primera vez que la ve florecer.

la leo. leo «tristeza» y los estertores vuelven
¿cómo era? «ventolina...» ya no lo recuerdo

sorbo mi café despacio y me sabe a café. ¡qué rabia!

rabia. ahora es «rabia» la que pulsa la tecla

¡jodeer! ¡vaya mañanita me espera!

¿cómo se volvía a tus versos?

sentir

cuándo, hacia dónde, para qué

de qué forma, qué se abandona, cómo compensa

qué importancia tiene, cómo sobrevivir, cuánto tiempo queda

¿qué tengo ahora?

solo pienso en sentir...

al final

callo cuando tengo tanto que decir, por no decir

miro cuando quiero tocar, por no tocar

huyo cuando necesito sentir, por no sentir

y al final...

me absorbe la ausencia, por no estar

¿de qué?

de qué me sirve escalar si hay una frontera en medio del camino
dividiendo en dos lugares un mismo destino

de qué me sirve llorar, apretar los dientes,
desgarrarme el pecho, sonreír doliente...

de qué me sirve si el tiempo siempre acude al océano
para diluir esta pena y quitarle importancia

de qué me sirve escribir mirando al infinito,
de qué me sirve morir por todo lo que he escrito

¿...?

ni siquiera escucho lo que quiero decir

ni siquiera importa lo que debo sentir

ni siquiera añoro lo que he perdido

ni siquiera yo, ni siquiera

libertad

¿que cómo me la imagino?

(sonrío)

de mañana, responsable, diligente, práctica, saludable

a mediodía, serena

a la tarde, paseante por las colinas viejas y los libros desnudos
quizá se tome un respiro y siga encadenada a algún recuerdo furtivo

de noche, entretenida,
remendará el abrigo de la próxima primavera

de madrugada, traviesa
despertará a los vecinos con sus golpes de madera,
destruirá las paredes para construir de nuevo la mañana responsable,
diligente, práctica y enamorada de sí misma

tres, dos, uno...

descuelgo tres lágrimas deshechas
con nueve promesas cada una
nerviosas, positivas, eternas.
tres mochilas para el futuro
con tres recuerdos absurdos
y una fantasía que duele

en dos minutos me enervo
con vigor y valentía nueva,
en otros dos me desinflo
y me lleno de melancolía

un solo augurio me basta
para alabar mi codicia
y maldecir mi calma

tres, dos, uno...
tengo miedo,
soy libre

palabrería

el perfecto desconocido

conocí un día a un perfecto desconocido,
andaba escondido por los valles secos,
le toqué las manos y les puse letras,
sacudió mi hombro y soltó mi melena,
me dijo «no llores» y pronunció su nombre

el perfecto desconocido de figura perfecta
lo encontré en esa tierra donde no vivía,
me miró a los ojos, me ofreció una nube
y su mano discreta y cargada de letras
se acercó a la mía y pronunció mi nombre

la perfección se deshizo y apareció su rostro,
se deshizo mi angustia y calentó mi alma,
él se quiso imperfecto y todos le aplaudieron,
le acompañaron vítores y yo lloré con ellos
y, con un brillo infinito, pronuncié su nombre

empieza

¿quieres escribir?
¿y por dónde empiezo?
empieza, simplemente.
empieza, que te leo

no tengo dedos.
traigo un par de repuesto

no tengo papel.
toma un trozo de cielo

no tengo recuerdos.
¡eso no me lo creo!

no sé qué decirte.
bueno, yo me espero

no sé qué es correcto.
todos lo sabemos

no encuentro lo bueno.
lo bueno es el deseo

también me pone triste.
tranquila, yo me quedo...

deja que imagine

deja que imagine
una nube rosada
persiguiendo callada
un rayo de sol

deja que imagine
un silencio que grita
en medio de la nada
conquistando tu voz

deja que mis sueños
mantengan despierto
ese hilo imponente
de la imaginación

duele

me duele pensar en ti,
el corazón se me acelera,
me muerdo el labio sin querer
y me invento tu sabor

me duele el olor a ti,
ese aroma del que espera,
que dilata mis pupilas
y se clava en mi dolor

duele, duele,
se ensaña, me escuece,
pero peor aún sería
si no supiera qué se siente

me duele hablar de ti
escondiéndome entre flores
y no poder decir tu nombre
sin que encienda mi rubor

me duele saber de ti,
de tu imagen de colores
que se acerca cada día
y se lleva mi razón

duele, duele
y me mata a cada instante,
pero peor aún sería
no saber ni cómo amarte

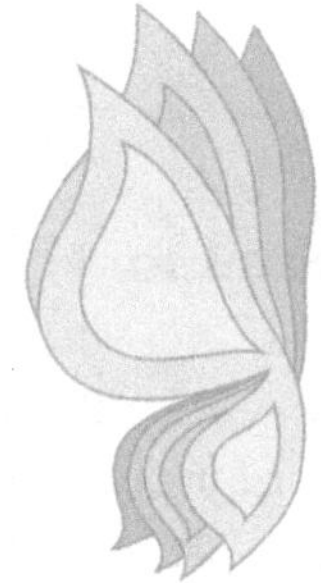

ojalá

ojalá pudiera enamorarme,
cerrar los ojos y dejarme llevar,
recuperar mis pechos empinados
y mostrártelos sin temor

pero no puedo...

ojalá mis dedos alcanzaran
la belleza de una ilusión inaudita,
el color de ese lienzo imposible
o el rubor del primer beso

pero no alcanzan...

ojalá todo fuera más fácil
y con solo acercarme
y decir lo que pienso
supiera encender tu luz

pero no sé...

camino

al dar comienzo el camino
el blanco domina la estancia.
el avance es fino y ligero,
la ilusión afila su lanza

el camino se apropia seguro
del talante y la zancada,
resuelve recodos,
ampara desgracias,
sonríe al vecino,
anuncia una danza

el camino se empina insolente
reclamando parada y fonda,
tomar las fuerzas rendidas,
hacer votos de esperanza

a mitad del dolido trayecto
se espera la sonrisa calma,
amaina el temblor de mañana,
se fija una traviesa estampa

es en el camino maduro
donde retoña un deseo dorado,
los aperos de viejas glorias
que se afanan por vencer

y, al final, la alfombra exquisita
cimenta el recuerdo tranquilo.
el blanco domina la estancia,
es tiempo de envejecer

arena en los zapatos

tengo arena en los zapatos,
mar en la mirada y sal en la nariz

una gaviota me invita en pleno vuelo
y los azules del cielo contrastan sobre el infinito

la brisa me deshace y me funde en el espacio.
ya no estoy aquí (quizá nunca haya estado)

una alfombra de océano tranquilo se despliega a mis pies
y los veo ¡tan pequeños...!

no soy más que una mota que baila con la belleza
y eso me hace sonreír
y pienso que sonríes conmigo...

tengo arena en los zapatos,
mar en la mirada,
sal en la nariz

lirios amarillos

zapatillas rojas,
lirios amarillos,
fragancias rosadas
con trazos de mar

potaje de lilas
y versos azules,
el verde que empuja
al blanco a callar

juguetes marrones,
susurros violetas
y el ala en colores
que quieras guardar

palabras naranjas
completan mi ramo.
¡sonríe, cariño,
es tiempo de amar!

esta mañana

no puedes verlo, pero yo te lo cuento

por aquí ha amanecido unos de esos días
en los que te pondrías con los brazos abiertos
para empaparte de frescura

pararías cada coche y a cada viandante para zarandearlo
(¡qué gran palabra!)
y hacerlo consciente de la belleza que lo rodea

no puedes sentirlo, pero yo te lo describo

huele a nuevo, a florido, a poema de amor, a río travieso...
y la luz... ¿cómo la adjetivaría?
creo que es imposible

he salido con mi caja preferida al patio.
es una de esas cajas de galletas de aire antiguo,
llenas de dibujos infantiles y orlas barrocas, con colores vivos

pues eso, que he salido con ella al patio

antes la he vaciado.
tenía mil cosas inútiles, de las que se acumulan con el tiempo
sin saber por qué, pero que nunca te atreves a tirar por si acaso.
pero hoy me he decidido y la he volcado directamente en la basura.
la quiero vacía
y vacía la he puesto en el suelo
y ahora la cerraré despacito
y la guardaré en secreto

el ambiente de esta hermosa mañana es todo lo que necesito...

la espera

miró la hora y por fin, en muchas semanas,
le pareció mínimamente adecuada

escuchó piar y se duchó en la frescura de otra hermosa mañana

ensayó cinco sonidos nuevos por si les hiciera falta

cambió el agua de su ramo de colores

recitó al revés sus palabras

enrolló la alfombra de la calle por los números pares

escogió la cafetera y las tazas por mil razones no amorosas

desplegó su mesa de aprendiz y dos sillas optimistas

y se dispuso a esperar a que despertara...

callaré

tengo mil cosas que decirte en esta noche tan clara.
mil cosas que expresar mientras imagino tus ojos mirándome el alma.
pero no diré nada que pueda estropear este paisaje.
callaré la boca apasionada, el corazón desbocado,
la piel ardiente, el beso descontrolado...
los mandaré a dormir como se hace con los niños

tengo guardados mil regalos para darte,
algunos delicados y otros para hacer broma y reírnos;
hay unos pocos sorprendentes,
pero la mayoría son totalmente inapropiados.
por eso se quedarán envueltos en el garaje
hasta que alguien los rompa sin querer cuando pase.
se quedaran ahí, callados... como ausentes

tengo mil anécdotas que contarte, mil dibujos que trazarte,
mil poemas que cantarte, mil caricias que darte,
mil silencios,
mil sonrisas,
mil suspiros,
mil miradas,
mil...
pero callaré,
callaré para no mentir.
ocultaré esta forma nueva de sentirme vulnerable

tengo mil ocasiones para decir que te amo
sin buscarte, sin rozarte, sin atarte...
pero mi boca será el amigo,
mis manos la compañía,
mis palabras el abrazo,
mis versos la armonía...
así no querrás nunca más alejarte

tirón

un oscuro sosiego despierta sus ganas de hacer.
observa lo absurdo de lo imposible,
se ríe y da la espalda al sarcasmo

la cercanía del desvelo aplaza la venganza
repitiendo sin ganas que no serviría de nada...

nota un pequeño tirón.
uno nuevo que pone en marcha el motivo, la luz, el tacto

reconoce el color que asoma,
pero teme los ojos distantes y decide no insistir,
sería demasiado...

así que limpia el pincel antiguo,
lo empapa en lágrima huidiza y traza una línea imperfecta

cuelga de ella caminos, siluetas, trocitos de imagen reseca,
sinceros detalles y un hueco ausente que no entiende muy bien

se retira para observar el resultado. nunca es el esperado.
le dobla las esquinas sintiendo el dolor de su vientre
y lo apoya en el lado vacío de su cama

la probará al alba y, si sabe volar, que se vaya...

desayuno

¿ya estás despierto? cuando quieras puedes
ir a la cocina, tienes el desayuno preparado

he cortado el café con aroma de azahar, espero que no
te importe. en esta época del año me pareció lo más adecuado

verás que las tostadas son un poco extrañas. es que están hechas bajo
el sol de la mañana, pensé que les daría un toque de distinción...
y sí, no he podido resistirme y las he mordido, no me riñas

puedes escoger con qué acompañarlas. te he dejado un plato
de colores selectos. encargué expresamente el azul cielo despejado
y el dorado sonrisa entrañable. están exquisitos, tienes que probarlos

también he dejado mantequilla compromiso y mermelada
de casa tórtola, por si acaso. pero para mi gusto empalagan
demasiado y no siempre sientan bien

¡ah! el periódico está hecho de ilusiones. solo trae buenas noticias
y la tinta la cedió don calamar, el optimista

los cubiertos de plata-mediterránea me los regaló un amigo,
así que son de ida y vuelta. me los devuelves
en cuanto nos veamos, ¿de acuerdo?

he puesto la servilleta de canción preferida,
para adornar más que nada, y el mantel de ovejita,
para que puedas calentarte mientras disfrutas

y ya está todo. espero que te guste tu desayuno. he intentado
escoger productos que te duren todo el día, pero si a la tarde
sientes hambre de nuevo, dímelo, tengo en el horno un pastel
de chocolate con rima. lo he hecho con mis propias manos...

el último sitio

un nudo en la garganta
de desconsuelo enmohecido

el corazón en el puño izquierdo
derramando brevedad e intensidad al tiempo

desaforo de sueños absurdos,
todos ellos descontentos

intentó balancearse en el último sitio

y cuando abrió la ventana...
simplemente, había amanecido

insistió

¡que conste que ella insistió!
se vistió de feliz viajera,
peinó sus graves con ternura,
sacó brillo a las vocales e insistió

no la culpes,
piensa la ingenua estar así más cerca,
mitigar tu pena
y obligarte a salir en cualquier instante,
ella insistió

insistió y aquí la tienes,
penetrando en tu cerebro
y robando tu atención
a este momento,
insistió, sí

insistió y se fue veloz.
quiso llegar sola,
yo no fui dueña

insistió en cumplir su promesa

ya la puedes devolver cuando quieras

yo...

no sé...

es extraña la noche

con caricias dementes
donde el blanco penetra
y hace un nudo en la espera

lloraría por verle
con hilitos de plata
que me arañen el alma

es extraña la noche, sí

de sonrisa inexacta,
de palabras cruzadas,
de fugaces alarmas.

yo...

solo sé que mañana
será extraña la noche
y la madrugada

oración

noto mis décadas de plegaria sin nombre,
súplicas disueltas en un fervor incompleto.
el gesto me atrapa para emprender el camino
y me ato el recuerdo al sacrificio sereno

junto mis manos comulgando una espina,
lavo tropiezos en piedra bendita,
la purificación se encoge en una buena palabra
que rezo otra vez... como solía

pero miro mi templo y ya no estoy sola,
tu amor me invita a esta letanía

piano

tacto suave, figura elegante. tocarlo es como querer intimidad
con un animal salvaje: primero te amenaza y luego te pide mimos

hoy mis manos están torpes. no dan con la nota precisa,
pero es igual, otro día saldrá la melodía,
ando distraída con una voz que surge a través de mis fallos...

¿qué haces aquí, plantado ante mí? ya no te espero nunca.
sonríes y te devuelvo la sonrisa, pero no entiendo nada.
comienzas a hablar con bromas absurdas. ahora comprendo que sí,
que eres tú, ya me acostumbraste al abandono de tu silencio...

no sé qué quieres explicar, pero mientras gesticulas,
mi atención se desvía a una procesión de gente
que se ha parado en mi puerta.
me piden alguna cosa. ¿qué más puedo dar?
mi casa está vacía, mi angustia sigue llena

tú sigues hablándome, no te conocía así.
tus ojos también han cambiado o es que ya no recuerdo esa mirada,
quizá sea eso...
algo he entendido de tu discurso, algo de mañana.
mañana no puede ser, tengo una cita,
me andan buscando y me dejaré encontrar.
necesito sentirme viva y dar otra oportunidad
a tanta improvisación que se me acumula

no me cojas las manos. me haces sentir incómoda.
nunca entiendo tus gestos
y no puedo desabrocharme el alma de nuevo por una ilusión

no me cojas las manos,
las manos no.
es lo que más aprecio de mi cuerpo

¿ves? ya me hiciste llorar. ¡vaya pérdida de tiempo! no estoy para esto.
debo sacudir la pereza de mis sábanas,
pintar tus alusiones de gris marengo,
comprar momentos maravillosos en rebajas,
encender mariposas, apagar desconsuelos,
tengo mucho que hacer (¿no lo entiendes?)
y muy poco tiempo

deja libre mis manos, que ya volvieron de acariciarte.
me pusiste letras y las cerraste despacio. aún conservo ese gesto.
a veces las dejo volar delicadas y otras se quedan en el suelo
derritiéndose con el calor del silencio, (ahora) mi silencio.
me pusiste letras y no sé qué te debo,
mi aplauso se ha desvaído en este escenario nuevo

y sigue llegando gente. ¿qué me piden?
no tengo más que dar. no sé si debo irme
o es que acaso... creo que intentan entender lo que dices

ahora debo cerrar la puerta porque yo necesito callarte,
necesito escuchar si alguien dentro me insiste.
así que cerraré, si no te importa,
me arreglaré para mi cita y quizá algún día tenga suerte,
tropiece de nuevo y te rías

tocaré el piano con mis manos heridas,
aunque él tampoco quiera escuchar esta melodía

tejer chapas

me deshice en hilos de dulzura para tejer chapas.
vueltas y vueltas de armonía desordenada.
me cansé, simplemente, de mirar con mis párpados cerrados.
mis ojos no son tan tristes, no son tan salados.
acaso quieras sostener este regalo un segundo,
me bastaría con saber que no te asusto.
no tengo más que hablar
pero mi razón sigue latiendo,
sigue latiendo

me retuerzo para sentirme mucho más alta.
horas y horas de contestar embriagada.
me acuné, suavemente, en esta tormenta maldita.
mi boca no es tan sabia, no es tan bendita.
acaso quieras tener lo que llevo conmigo,
me calmaría no saber si tiene sentido.
no tengo más que dar
pero mi ilusión sigue tejiendo,
sigue tejiendo

eso

la sencillez de un saludo,
ese fijar la mirada por un instante
accionando los músculos adecuados
para hacer comprender que comprendo.
eso es lo que quiero,
eso es lo que encuentro

la belleza de una ventana abierta
de paisaje familiar con aroma nuevo,
ese alcanzar con los dedos
la caricia de unas flores o de una broma a destiempo.
eso es lo que quiero,
eso es lo que obtengo

el transcurrir de las horas conociendo,
aprendiendo las formas, los anhelos, los silencios,
ese discurrir sereno a velocidad de crucero
que desborda de curiosidad el desvelo.
eso, eso es lo que quiero,
eso es lo que siento

palabras

palabras, palabras, tus palabras...

me tejieron una manta cálida. me acurruqué y esperé el silencio

palabras, palabras, tus palabras...

me desvelaron la noche y me sorprendió lo extraño de mi cama.
me asusté y huí

palabras, palabras, tus palabras...

me hicieron café y, al aspirar su aroma, por fin me estalló
todo el cuerpo destrozando mi coraza.
en mi taza recogí una lágrima desbordada de mi oído bueno

palabras, palabras, tus palabras...

me abrieron la puerta y salí descalza
intentando atraer la frialdad del sol
y la piedra del camino

palabras, palabras, tus palabras...

pero me había crecido un campo de flores
y me tiré de espaldas esperando que la brisa me llevara a tu voz
y me trajera de nuevo tus palabras

primavera

shhh. silencio

déjame oír la primavera

pequeños crujidos en verde
que empujan hacia fuera
los sueños de futuro

déjame ver el viento crudo
cargadito de especias que se mezclan
preñando de dulzura el bosque viejo
para que olvide el otoño de su suelo

¿no sientes el rubor de amante nuevo
prometiendo eternidad hasta el invierno?

¿no hueles la danza de entretiempo
empeñando su vigor por un deseo?

shhh, déjame oír la primavera

déjame oír... mientras me duermo

ahí

quiero tenerte ahí,
donde mis sombras se apagan
para tocarte a la noche
hasta que llegue el alba

quiero guardarte bien
donde mi boca calla,
donde mis manos creen
que la caricia acaba

no te quiero en mis quehaceres
y problemas cada día,
ni en los pros ni en los contras
ni en decisiones y porfías

quiero sentirte ahí,
donde nace la calma
recorriéndome el futuro
sin solucionarme nada

quiero soñarte, sí,
pero no quiero que vengas,
quiero tenerte lejana
como el sol mientras calienta

solo quiero que estés,
solo quiero que existas,
solo quiero que emerjas
si mis juegos te conquistan

quédate ahí, pensada,
ansiada, soñada, calmada.
quédate ahí, mi vida,
quédate ahí...

mil poemas y ninguno de amor

te puedo escribir mil poemas, pero ninguno de amor

te hablarán sobre mis sueños, te dirán de mis dilemas,
te retarán entre dientes a que descubras qué he sido

pero ninguno será de amor, solo serán amigos

no esperes que me desmaye, la languidez no es lo mío

mis manos no temblarán mientras escribo

ni mis ojos mirarán sin ver nada, porque ya no tengo...
no tengo vacía la mirada

no quieras ver en mi pecho la pasión que no existe,
porque no existe, se ha ido

contarán mis poemas sus raíces, sus rutinas, sus venganzas,
pero nunca serán de amor, solo desesperanza

cien poemas seguirán abiertos, dos serán inciertos,
algunos serán nuevos; la mayoría, viejos

pero en ninguno verás al poeta, en ninguno al cupido,
ninguno será tuyo, pero alguno... alguno hará camino

te escribiré mil poemas, mil poemas...
y ninguno será de amor, todos serán olvido

ninguno será de amor, amor mío, ninguno...

ninguno será mío

ceguera

mis manos tantean la oscuridad
buscando un lugar al que agarrarse.
no tengo ojos,
tendré que guiarme por mi instinto

tropiezo con tu hueco
y las noto llenas al momento

beso la pared que nos separa
porque no puedo besar tu cara

sonrío

mi ceguera te ha encontrado.
la luz se enciende de repente
en un fogonazo explosivo
y quedo de nuevo ciega

...pero ahora no me asusta,
ahora es diferente

horas

comenzó a las tres cuarenta, surgido de la sorpresa.
se sorprendió tanto a sí mismo que decidió saludarse y dejarse llevar

a las cuatro y media era una locura, se encogía de hombros
y rondaba por la casa sin saber qué hacer con todas esas ganas

a las cinco se calmó y cogió el coche,
pero en medio del camino recordó de nuevo que no podía abrazarte

en el segundo segundo de las cinco y veinte de la tarde se le despertó,
durante un minuto justo, una sonrisa afortunada:
tenía en su humedad el segundo premio de belleza

fue a menos cuarto cuando sintió el peso de los días.
cargó su espalda hasta el salón y bebió del silencio,
como debió hacer cuando amanecía

a las siete y tres minutos se le enturbió la mirada con una pelusa voladora,
sufrió hipo con nudos y se tiró en el sofá agarrado a su tesoro regalado

ya empardecía el patio cuando descubrió que algo faltaba
y se sentó a agradecer mientras comía

el reloj del microondas marcó las nueve. había oscurecido ya,
era hora de sacudir aquella manta fresca de versos pulidos

todas las palabras se volvieron en su contra a eso de las nueve y dieciocho.
le dió por escupir estupideces que no le servirían para nada,
luego, se quedó dormido

a las diez menos siete abrió los ojos,
con desdén secó el sofá y le salió una risa de tu sombra

son las once y diez y se ha transformado en llanto enternecido

astronauta

hoy he sido astronauta en tierra

he viajado en una nebulosa de palabras

he dejado que una caricia (¡qué caricia!)

convierta mi cuerpo en una supernova

hoy he tenido todo un cielo a mis pies

y he sentido el frío de toda una galaxia

hoy no estuve aquí, estuve lejana,

pero vendré a morir a tu universo

pies nuevos

meto mis pies en esta arena conocida

arena de este trocito de playa que casi me pertenece

tibia, cargada de pequeños y brillantes detalles
enmarcados para siempre en mi mirada bajo esta luz perfecta

el mar se acerca a lamer mis dedos y me conmueve, como antaño,
su baile cadencioso de distancia e inmensidad

he vuelto a este trocito de historia a hundir mis pies

pero mis pies no se hunden y todo empieza a tener sentido

nuestra herida

tengo una herida compartida contigo

en mi nuca, en tu cuello

una herida que al mirarnos de frente... supura

si nos damos la espalda, duele

no tenemos un remedio

y un remedio buscamos

tendremos que vivir con ella

compartida, deseada, odiada, injusta

pero que nos hace diferentes

bailar entre tildes

presumo cada día de esta danza entre tildes
exhibiendo valiente mis signos de admiración
y se me llena el alma de espera
pero, ¿qué esperas?

me enaltece el olor de una caricia
y me aferro a un sombrerero caduco
alentada por el detalle sonriente
que cargó de curiosidad mis ilusiones

quizá unas notas de calor de tu música
y unas palabras, ya ves
es todo lo que obtengo,
¿ies todo lo que tengo!?
...solo estos versos que no son ni eso
y que no forman ni una canción

y es que, a vueltas de estación, se imponen
cuatro puertas que dolerán abiertas,
una huida de promesa que invalida
y estas fuerzas que envejecen por ser

y así, ya sabes,
solo queda una extraña mirada
como roce exquisito de un adiós nuestro
porque estos versos, que no son ni eso,
no quieren formar ninguna canción

heraldo fatigado

a cada paso la fatiga levanta toda su estirpe contra mí
y me obliga a mirarme de frente

me resisto a entregar mis armas en mostrador vacío,
porque me engaño,
no puedo más

no pondré precio a mis balas
para que queden esparcidas entre deseos baratos

no puedo permitirme recibir el cambio en moneda de curso,
ajada y desconsiderada con mi tesoro

el heraldo fatigado vuelve del camino como soldado triste.
no puede hacer más y está hambriento

dejaré a la tarde morir en mi regazo,
sosteniendo su mirada en el último esfuerzo,
pero morirá
y no habrá más amanecer de batalla perdida

un sendero de piedra ribeteada saldrá a mi encuentro
y no debo pisar con estas sandalias heridas

mi heraldo reposará
y recibirá mis besos de buenas noches
sin una palabra de amor

él sabrá dónde ir,
pero lo hará calmado, distante, amigo
y sí, un poco triste

aventuras piadosas

ayer llegué de una aventura piadosa.
me querían conocer y yo me dejé, me dejé entera.
me llevaron a comer y a reír y me tumbaron en la arena.
me besaron, me tocaron,
me envolvieron en abrazos y en el rumor de unas olas

las horas pasaron y me quisieron seguir descubriendo
y yo dejé que lo hicieran

me senté en la intimidad de unas dulces palabras,
me pusieron música y me regalaron miradas.
me desnudaron con ojos lascivos. me deseé.
me enarcaron la espalda y me temblaron los labios.
luego, cuando los jadeos y el tacto se desparramaron
en una perfecta caricia tenue, me invitaron a dormir.
me dejé despertar varias veces y contemplé el paisaje.
me gustaba, pero algo había que no se dejaba...

volví a casa con el desayuno puesto y un beso rápido de despedida

a las horas me sorprendí buscando una excusa para romperme en llanto.
la encontré. y fue la más sensible, la más hermosa, la más grande

pero esta mañana la excusa se ha ido. solo quedo yo y sigo llorando

ahora, escribiendo, he comprendido de dónde emana
este dolor tan sincero y triste

siempre me dejaré amar, lo sé,
y puede que mis amantes sean los más interesantes,
los más profundos, los más entregados y dulces,
pero también sé que todos ellos solo me dejarán una aventura piadosa
y difícil de comparar con la grandeza de estos sueños...
que no me dejan dejarme por completo

no puedo

sus ojos son dulces, pero no profundos.
su tacto suave, pero no envolvente.
sus caricias frecuentes, pero no ayudan.
su boca es tierna, ¿cómo será la tuya?

su verbo es fluido, pero no aprendo.
sus ideas austeras, sin brillo interno,
pero su respuesta sincera, directa al centro,
me entretiene el vacío. ¿es lo que quiero?

hablamos de todo, pero sin juegos.
jugamos a ratos, pero en silencio.
no hay comparación, yo lo entiendo,
y se merece mi amor, pero yo... no puedo

óyeme bien

dime dónde está la paz
y desviaré mi camino

ata los yugos antiguos
y rodéame con tu calor

sácame las palabras sensatas
y te devolveré mi olvido

óyeme bien...
sé que me has comprendido

el abrazo

pensaba que en cualquier momento vomitaría.
le horrorizaba la idea de que ocurriera en el peor de todos

durante la mañana, su respiración había sido irregular, intercalando
hondos suspiros con jadeos cortos que le impedían cerrar la boca

había escogido con cuidado el color de cada prenda
y había organizado las horas del día para tener
tiempo de todo e «ir tranquila»

sintió cómo sus manos se aferraban al volante en un intento inútil
de sujetar el estómago en su sitio. vaya día le estaba dando

atenta al navegador, veía cómo disminuían los kilómetros restantes
y otro de esos suspiros profundos
se escapó cuando entraba en la ciudad

casi en voz alta se repitió a sí misma las consignas de cada momento:
«busca aparcamiento», «camina despacio»,
«cuidado al empujar la puerta»...

allí estaba el bar. allí estaba él y todo lo demás desapareció,
se paralizó, se quedó callado... hasta que un camarero le tocó
el hombro empeñado en pasar por el pequeño resquicio
que había dejado entre la puerta y ella.
«perdón, señora». «¡uy, perdone!»

volvió a mirar. estaba en pie. sonreía
pero entonces, una ola de preocupación le recorrió todo el cuerpo:
¿cómo llegaría hasta él?
la distancia era de repente demasiado larga,
demasiado complicada, demasiado intensa

pero miró otra vez y lo reconoció, ahora sí:
era aquel que la hacía sonreír cada mañana con su saludo,
aquel que la saludaba con sus juegos,
el que jugaba con su ternura,
el que la enternecía con su complicidad

se sintió más tranquila y, sin que diera la orden,
sus piernas se pusieron en marcha

el espacio entre las mesas se llenó de repente de poemas y canciones,
los manteles mostraron todas las confesiones veladas,
los platos se cargaron de admiración,
el vino, de risas solitarias y compartidas,
el silencio conversaba con los dulces recuerdos...
todo se volvió belleza

sin desviar la mirada de sus ojos,
se concentró en el movimiento de sus propios brazos.
debía saborear cada milésima de segundo
de aquel baile ensayado meses atrás
en el que sus cuerpos se adaptaban confortablemente

lo sintió, lo apretó
y, hundiendo la cara en su pecho, exclamó:
«¡por fin, amigo mío!»

lluvia

llueve

camino despacio por mi ciudad vacía

tus gotas despiertan uno a uno todos mis poros

mis pasos esquivan todas las palabras

se me empapa el alma

te encuentro en mi calle

ya no sé adónde iba...

tango

se escuchan las notas de un tango, ese tango... quizá sea albéniz

el brillante gris del empedrado realza los pasos
indecisos de un rosario de faldas ambulantes

tintinea mi cucharilla acompañando
la algarabía de las conversaciones ajenas

¡qué tango tan hermoso!

un delantal impoluto acaricia distraído mi mesa
mientras su dueño se empeña en devolver mi atención a la cuenta

pero es que no me quiero ir... así que le sonrío
y sigo escuchando la música

pasa un perro feo acompañado de una belleza,
una abuela enmarcada en un cuadro moderno y un niño lejano

cuatro hombres en corro se distraen aferrados a un fuera de juego
y me traslado a un recuerdo que me hace reír

luego me arrulla la nostalgia
por no poder levantar mis dedos de esta caricia mundana

el té estaba exquisito, el paisaje es soberbio y la serenidad
me estimula a estas horas de tus tardes para seguir mi camino

«definitivamente, cariño, este tango no es argentino...»

¡qué más da!

¿y si no me importara vivir en esta confusión,
en esta noria acelerada?
¿y si solo la compensación
me alimentara cada día?
¡qué más da!

qué más me da si nada de esto es cierto,
si eres un oasis oportuno,
una quimera de piedra sedienta,
imaginada, idealizada, creada de la nada,
¡qué más da!

qué más me da si llena el tedio cotidiano,
si me ofrece una locura para volar,
si recita mis versos aguados,
si compite por mis caricias,
si ama mi distancia,
si rompe mi silencio,
si está...

¡qué más da!

¡qué más me da!

déjame

déjame mirarte
con estos ojos nuevos

déjame hablarte,
tomar del silencio el relevo

déjame tocarte
para siluetear tu deseo

déjame acercarme,
déjame,
aunque debas estar lejos

debo zarpar

mi amado extraño: debo zarpar.
me han regalado pasajes de navegante
y necesito sentir la textura de este mar.
salgo aprisa y sin zapatos, pero nunca querré irme

mi amado removedor de sentimientos:
te dejo con mi intimidad más calmada.
estos bailes de salón por tus versos
me han hecho lucir mis mejores galas,
es tu forma de vestirme la que me hizo hermosa y eso no se olvida

mi amado hacedor de sueños:
siempre tendré en mi casa un rincón de caricias para ti.
adornarán mis tarareos en soledad
y, cargadas de paciencia,
regarán mis letras hasta que florezcan

mi amado ubicador de sorpresas:
el alboroto de mi fantasía me encumbró por un momento
y me hizo creer que ocupaba un lugar incierto.
no te culpes. tienes ese efecto,
y aún sigo andando sola y sin pistas para encontrar tu sendero

mi amado amante del silencio:
no temas por mis alas, ni por mis destinos,
ni por el futuro de mis dedos.
una dulce costumbre guía mi trayecto y sé sentirme a salvo contigo

mi amado amigo:
la ternura de mis ojos me condiciona,
la sonrisa de mi piel me domina,
el nudo de mi pecho me desborda,
la valentía de mis manos me desnuda... debo zarpar

solo un minuto

dame un minuto,
ese minuto tuyo
que susurre una canción en mis oídos
y sostenga tu atención en mis deseos

mirando su maldita rueda
sentiré mis lágrimas activas
soltando el lastre de todos mis siglos

dame, dame ese minuto
para saborear la sal y la amargura,
para acunar una leve esperanza,
para lamentar mi mala suerte,
para dormirme en su balanceo
y amanecer con una sonrisa de nuevo

no es tanto pedir, ¿eres mi amigo?
solo un minuto, solo quiero un minuto contigo

toca

ahora toca
dejarnos de palabras,
llenarnos los silencios,
mirarnos las miradas,
reírnos cara a cara,
acariciar tanta ternura

ahora toca,
ya toca...
tocar

por eso

porque las nubes no hablan cuando llegan de tu cielo,
porque respiro hondo y no saboreo tu aire,
porque sembrar para no florecer no es justo,
por eso te azucé, por eso

porque busco una nana para acunar mis vacíos,
porque siempre intuyo la caricia de tu verbo,
porque son recetas de una terapia exquisita,
por eso te empujé, por eso

y porque forma parte del océano nuestro,
de estas aguas claras que los dos nos debemos,
porque compartimos el ancla y la maroma,
por eso te nombré, por eso

querido amigo mío...

se levantó esa mañana con una sensación invasiva. tenía unas
enormes ganas de dar las gracias, pero no sabía por qué exactamente

con esa rara angustia depositada en su bajo vientre, recorrió la casa
intentando colocar los sentimientos junto a la ropa recién planchada

salió a comprar pan y algunos yogures, y en cada etiqueta leía
los ingredientes y la preparación de aquella relación tan extraña

cuando fue a pagar, se dio cuenta de la riqueza que tenía en sus
manos. monedas y monedas rodaron por los pasillos y solo se le
ocurrió reírse mientras los clientes la miraban nerviosos

la calle le devolvió aquel nudo conocido que le empapaba los ojos
de lágrimas fáciles, ahora felices

se puso los guantes, hacía frío, y el tacto de la lana sobre sus dedos
helados le pareció más real que nunca. al momento, la confortó
y sintió su calidez en todo el cuerpo

cuando llegó a casa se despojó de su abrigo y la bufanda tirándolos
al aire mientras cantaba

los guantes se los dejó puestos porque sabía que, sin ellos, no podría
escribir el hermoso poema que rondaba en su cabeza

cogió su pluma recién nacida y, sobre el blanco impoluto
de la mesa del salón, comenzó su carta: «querido amigo mío...»

¿a ti también?

cómo me gusta sentir el calorcito del sol en mi cara
en estas mañanas frías de invierno

saludar cordialmente al conocido mientras intento ubicar su rostro
en alguno de los sitios que frecuento

cómo me apetece un té de media tarde
en esa mesa de rincón de cafetería amiga

la iluminación de la plaza con la imponente torre
que me habla de guerras pasadas y tratos indecentes

cómo disfruto pensándote mientras paseo este pueblo de bolsillo,
sabiendo que lo que disfruto lo disfrutarías conmigo

¿a ti también?

estoy aquí

no te sientas lejano.
la distancia es imaginaria
y amoldable a la intensidad de los sentimientos

no te sientas apartado.
no somos caja estanca.
hay lugar siempre en el centro

no te sientas equivocado.
no ha cambiado nada desde tu encuentro

no te sientas efímero.
tu poso mantiene su peso en mi paso

no te sientas perdido.
si coges mi mano, acompañaré tu destino

estoy aquí, mi amigo

belleza

respiro hondo

quiero escribir sobre ti

respiro hondo

y noto que me brota una lágrima
de tinta ilusionada

con mi índice, le entorpezco el paso,
con sumo cuidado,
y la coloco sobre el papel de mi historia
para que comience a narrar
a partir de mañana...

amaneciendo

cuando amanece, con un gesto cotidiano compruebo la hora,
pero lo seguirá uno nuevo

despertaré... intentando colocar mi cerebro en la fecha adecuada
del calendario que estreno

tus buenos días los sentiré,
los sentiré como un beso en mi espalda

y enviaré las palabras más dulces
que se me ocurra sacar de mi sueño

entonces, sonreiré... al saber que estás sonriendo

(...)

míranos... amaneciendo

dejando que la relatividad del tiempo nos devore los miedos

no hay ritmo perfecto

nos empuja la ilusión de que un sol se haga un hueco
en nuestro enramado pasajero

míranos, amor... amaneciendo

sentir de nuevo

yo, que no podía

yo, que no creía

yo, que no debía, yo...

puedo ahora concebir un lugar hermoso donde crecer

mi fe resurge de mis cenizas para sentir de nuevo

dejo atrás mis quehaceres y salgo a vivir

como en casa

piel con aroma a sábanas limpias,
mente en orden, cada edad en su sitio.
un salón donde comer locuras
y un roce adornando los estantes

otra ducha de risas cómplices
y en la cocina...

sentimientos a fuego lento,
miradas barriendo las dudas,
susurros buscando su lugar

tú en mí... como en casa

en un recodo del camino

no tengo sueño... así que arranco el coche y me
dirijo a tu casa. te subes, me alcanzas con un beso
y, de repente, nos encontramos en un camino
de tierra seca que se adentra en un bosque de
sabinas, almendros, algarrobos y olivos milenarios.
es *hora baixa* y el sol juguetea al escondite
entre las casas de piedras antiguas, esquinas
redondeadas y gruesas paredes encaladas que
observan nuestro paso. el camino serpentea
adornado por la voz de los pájaros que se
reúnen a dormir y la retama que amarillea el
polvo levantado. un recodo más y ahí aparece
ella... amplia, elegante, siempre majestuosa. su
tronco parece retorcido a propósito para darnos
la bienvenida y sus hojas teñidas de historia le
susurran a la brisa que ya llegamos. siento de
nuevo unas irreprimibles ganas de abrazarla y
besarle los años, de volcar mi admiración y caricia
en su enramado casi imposible, cargado de hijos
madurando. es blanca, la higuera más hermosa de
la estirpe de mi descendencia. aquí te he traído,
a este lugar de esta isla, mi preferido

hazme canción

una orquesta me hace danzar en tus brazos
y mis dedos, bajo la música de tu cuerpo,
mecen la impaciencia de cada caricia,
aman la cadencia de esta ilusión...
mírame de nuevo y hazme canción

cada compás contigo pone ritmo a una vida
con bellos sostenidos y silencios.
ven, saca mis vientos del pentagrama
y que una fusa acoja la perfección.
tócame de nuevo... hazme canción

café

puso los pies en el suelo, uno tras otro, después
de reconocer en aquellos grandes dígitos que ya era hora

rodeó el mueble sin apenas pensar. levantó la persiana
y saludó a la luz clara de un día casi helado

se volvió, con otro gesto automático, intentando
poner orden en las prioridades de la jornada

entonces, notó en su rostro una hermosa sonrisa.
definitivamente, había amanecido distinto

el cotidiano silencio de casa solitaria se rompía al compás
de una respiración profunda que la llenaba de ternura

su cama no estaba vacía. y aquel hombro desnudo,
repetidamente rozado por sus labios hacía apenas unas horas,
asomaba insolente entre las arrugas de las sábanas

se acercó para colocar en su sitio un rizo desparramado
en la almohada y tiró suavemente del edredón
para reconfortar aún más aquel sueño merecido

tras perderse un minuto en aquella imagen, salió sin hacer ruido

se sentía embriagada por la sorpresa de sus detalles, la sensación
nítida de aquellas manos rodeando sus pechos, la solidez de esa
mirada que la hacía sentir tan bella, tan sensual, tan vital...

se dirigió a la cocina y, pensando que no quería estar en ningún otro
sitio aquella mañana, encendió sin darse cuenta la máquina de café

árbol de navidad

no soy de tradiciones, pero este año es diferente.
me fui al mercado viejo y adquirí un árbol nuevo
con el que adornar mi casa

busqué el lugar más cálido, le abrí con cuidado las ramas
y lo planté en mi silencio para que no me callara

de sus hojas verdes como tus ojos verdes
colgué delirantes recuerdos, aquello que fui algún día
y algunas bolas amargas

te invité a contemplarlo y al acercarnos te dije:
«¡ahí está, ahí está!»
y me volví para beber de aquella risa salada

el árbol decidió que era el sitio perfecto
y se acostumbró a rozarme cada vez que le añoraba

salí a pasear de tu mano en busca de una guirnalda

su brillo nos hace cómplices, su aire nos da las alas,
su empaque nos vuelve locos y nos hace exclamar «¡me encanta!»

la navidad ha llegado y el árbol luce precioso
en un rincón de mi casa

tu puerta

llego a tu puerta vistiendo los abalorios de mi pasado, la soledad de mi recuerdo, el murmullo de mi presente y un futuro que no tengo

mis ojos un día fueron ingenuos. miraban la vida en colores, reían ilusionados, cantaban a la mañana... todo eso era un sueño. también observaron lo que no quisieron ver, lo que no tocaba, derramando senderos largos de lágrimas amargas. aquí están mis ojos, esta es mi mirada. no quiere envejecer, pero ahora, al menos, está en calma

mis pechos fueron rebeldes. nunca los sentí míos. despertaron un buen día y decidieron salir de mi cuerpo, eso es todo. no conquistaron a nadie con sus rabietas adolescentes y se alejaban tanto a veces que perdieron algún amigo. quizá por eso entristecieron (ahora lo entiendo) demasiado pronto. pero han vuelto, los noto, se han hecho tuyos y a la vez propios. son intrépidos, capaces, voraces, femeninos... son nuevos

mis manos iban tocando lo que encontraban al paso. se llenaron con heridas de caricias forzadas y despechos injustos. siguieron tocando para no ser cortadas, arañando la vida que las amenazaba, hundiendo su instinto en este mar tan pequeño... ahora las noto volar, ¡les han crecido alas! ya no quieren más tocar, solo quieren ser... ser manos adultas, serenas, volátiles, incautas y profundamente curiosas

mírame la piel. un día fue perfecta. pero enfureció y desaparecí bajo su fuerza rastrera. cuando volví, la odié, la insulté, la maldije. pero no sirvió de nada. así que me hice un hueco y ahora convivimos juntas. va conmigo, pero no soy yo. mírame mi piel. créeme, un día fue perfecta

y el caminar de los años hace mis piernas pesadas y a veces se hunden bajo el volumen de mi espalda. a ratos estoy tan cansada que anochecería el alba si se dejara. otras veces me acuerdo y me comería el futuro a bocados furiosos, a empujones de rabia

pero encuentro tu puerta, en esta edad tan extraña, y mi desnudez me desarma porque sentir caer mi ropa era algo que, en realidad, amor... ahora no me esperaba

lo prometo

no te prometo volver
porque nunca me fui

ni te prometo estar
porque aún no he llegado

no habrá promesas secretas

ni compromiso lejano

solo prometo sentir
y caer desnuda en tus brazos

días de calma

días de calma bulliciosamente apartada de la realidad

la realidad que fantasea con vestirse de buen nombre

un buen nombre que maldice la suerte de tenerte

porque tenerte ahora es dejarte escapar de mis manos

si mis manos obedecen a mis pies de viento viajero

ese viajero que duerme en casa los días de calma

hoy no

abro la ventana de mi realidad dejando paso
a la brisa fresca de tu mañana

guardo despacio los entresijos pasados para no verme más,
no como no quise ser

queda por delante la decadencia serena, cariñosa,
como una caricia leve

quizá el miedo me asole las esperanzas, pero aún no, no

se me curva la mueca hacia arriba, se me llenan los ojos de vida

me dejaré mecer cada segundo, si no en el tacto, en la imagen

y para eso tengo las palabras, para que empujen y trabajen

para eso tengo la risa, la ternura, la templanza, la ironía...

quizá el viento me llamará ingenua, pero hoy no, no

serán

serán las mieles serenas
las que queden atrapadas en las horas
y la belleza del sonido nuevo
la que adorne la mirada perdida

serán los caminos de otoño
los que nos lleven a la otra orilla
de ese mar consolado y suave,
ese que acuna las heridas

serán las no promesas
o quizá el futuro ausente

todos ellos harán espiga
todos ellos... de esta simiente

fácil

es fácil imaginar
un horizonte contigo
sencillo en las palabras,
cómodo en los abrigos

es simple, apetecible,
andar hilando los hilos
para esta prenda confortable
que está de vuelta del camino

tus manos cogen la estela
de mi enmarañado destino
y deshacen todos los nudos
para que no tenga frío

¡qué fácil es imaginar
un horizonte contigo!

vacaciones

las horas caen como lluvia de verano

las doce, la una, las dos...

¡vuelan!

vacaciones en el roce, en los actos

solo aquí, ahora, ya

desprendidas de un reloj que sigue con su trabajo

nosotros no, nosotros...

al ritmo que marquen las ideas, las palabras, los momentos

hace frío fuera, pero estamos dentro...

abrazados a una idea, a esta idea, a este encuentro

...y recordé

...y recordé tu beso, pero no por su pasión o desconcierto, sino por el calor de tus labios, la humedad tibia, dulce, selecta que me empapó el cerebro y me llevó a pensar que quería uno igual al despertar

...y recordé tu mano, pero no por su suavidad o silencio, sino por cómo mis poros se abrieron al tiempo y me hicieron flor y se curvó mi espalda a su paso y enloquecí de amor

...y recordé tu abrazo, pero no por lo sólido o sincero, sino porque llevaba el sello grabado a fuego que anunciaba a los cuatro vientos «no me pasará nada al acunarme en ellos»

...y recordé tu mirada, pero no por su simpatía o calidez, sino porque, simplemente, me hizo feliz

me gustas

me gusta verme atrapada en tus historias

pasear el día desde la ventana

tocar con mis pies tu sueño

rehacer mi calendario de dos días

besar el sonido de tu mirada

proponer un nuevo trato cada semana

sorprenderte con el calor de mi agua

degustar tu imaginación como postre

palpar el silencio

reírnos a ciegas

me gusta, sí... me gustas

crónica de un día ventoso

el ulular del viento me transporta del sueño a la realidad.
mi mirada se pierde entre las sábanas vecinas tendidas en el patio,
que pugnan por emanciparse del cordel y las pinzas.
me viene a la boca la primera broma de la mañana:
«con este vendaval, el día pasará volando...»
y sonrío

tengo cosas que hacer:
adecentar la casa, algunas compras por el barrio...
luego, el trabajo.
aún intento adaptarme a tener de nuevo un horario que cumplir,
acomodando mi mesa y mi respaldo a la esperanza
de que el futuro será mejor si lo hago bien en el presente

pero la tarde me cuesta y, al poco tiempo, quiero huir

nuestra nueva cita se me antoja demasiado lejana
y el caminar del reloj demasiado pausado.
solo puedo agarrarme a mi optimismo para no caer en la desidia
y me obligo a pensar en tus caricias y anécdotas
y juegos y sonrisas y besos...
todos esos tesoros inundan mi mente
y empujan a las horas a hacerse más livianas,
intentando torpes levantar el vuelo como esas sábanas

al fin y al cabo, me digo, esa cita se acerca cada minuto
y me río imaginando que, al abrir la puerta,
vaciarás tus bolsillos
y la ilusión se desparramará desordenada por toda la casa

por fin es hora de hacer la cena. cocino yo, qué remedio
y luego un ratito de sofá
donde acudo de nuevo al chat para estar contigo
y completar las cuatro palabras que nos repartimos en el día,
la mitad de cariño, la otra mitad de chistes y «jajaja»

se hace tarde, me voy a la cama.
me enfundo en mi pijama preferido
y me arropo con la parte derecha del edredón.
se me hace vivo el recuerdo de dormir desnuda junto a tu cuerpo,
dejando que me encinturen tus manos
y se acoplen mis piernas a las tuyas

enciendo mi libro electrónico,
tal vez estés haciendo lo mismo en este mismo instante. tal vez, no

siento el pesar de mis párpados tras muy pocas líneas,
así que, con un suspiro, acerco el móvil a mi cara
y reparto mis besos de buenas noches por la pantalla helada,
espero para recoger los tuyos, apago la luz y me acurruco sin ti

voy cayendo en la inconsciencia acunada dulcemente
por un solo pensamiento:
ojalá mañana también amanezca ventoso
y el día pase volando

completa

yo quería ser libre,
ver mis manos suspendidas en el aire,
sentir en mis pies la humedad de las nubes
y en mis oídos el arrullo del mar

yo quería tener un amigo,
reflejarme en su risa íntima y tierna,
vestirme con el abrigo de su mirada,
arrullarme en el abrazo de la complicidad

yo quería amar de nuevo,
entregar mi cuerpo a la aventura,
jugar con mis versos a ser mujer,
bailar entre los susurros de nuestra edad

yo lo quería todo
pensando en regatear con el destino
para cubrir el hueco de la insolencia
y entretener el ardor de la soledad

hoy comprendo que, sin saberlo,
yo quería estar completa

gracias, feli
gracias, gari
gracias, beli
gracias, papis
gracias, fatimuchi
gracias, ado